SCOOBY-DOO! L'Halloween hanté

Adaptation de Lee Howard
Illustrations d'Alcadia Snc
(Michela Burzo, Lisa Amerighi, Elena Prearo, Marzia Mariani)
D'après l'épisode « A Scooby-Doo Halloween » de Nahnatchka Khan
Texte français de France Gladu

Copyright © 2012 Hanna-Barbera.
SCOOBY-DOO et tous les personnages et éléments qui y sont associés sont des marques de commerce et © de Hanna-Barbera.
WB SHIELD : ™ et © Warner Bros. Entertainment Inc.
(s12) SCCA 28433
Utilisée par Scholastic Inc avec autorisation.
Copyright © Éditions Scholastic, 2012, pour le texte français. Tous droits réservés.
Conception graphique de Henry Ng

Titre original : Scooby Doo! A Haunted Halloween
ISBN : 978-1-4431-2032-6

Édition publiée par les Éditions Scholastic, 604, rue King Ouest, Toronto (Ontario) M5V 1E1.

5 4 3 2 1   Imprimé au Canada 119   12 13 14 15 16

FSC
www.fsc.org
MIXTE
Papier issu de sources responsables
FSC® C103113

Éditions SCHOLASTIC

C'est la veille de l'Halloween. Scooby et ses amis s'en vont en visite chez la tante de Véra, à Banning Junction. La petite ville célèbre son 100e anniversaire.

PLUS QUE 23 HEURES ET 59 MINUTES AVANT L'HALLOWEEN!

Mais à leur arrivée, les amis découvrent que les gens de la ville ne sont pas très contents de les voir.

ARRÊTEZ!
RETOURNEZ D'OÙ VOUS VENEZ. VOUS N'ÊTES PAS LES BIENVENUS ICI.

Meg et Yves, la tante et l'oncle de Véra, reconnaissent la bande juste à temps.

ATTENDEZ, C'EST VÉRA! DÉSOLÉS, NOUS NE VOULIONS PAS VOUS FAIRE PEUR. MAIS QUELQU'UN BRÛLE NOS CHAMPS DE MAÏS.

Tante Meg et oncle Yves rentrent chez eux avec la bande. Leur fille Marie se précipite pour les accueillir.

SALUT COUSINE! IL Y A LONGTEMPS QUE JE NE T'AI PAS VUE. POURQUOI TOUT LE MONDE EST-IL SI EFFRAYÉ?

LA FÊTE DU 100E ANNIVERSAIRE SERA GIGANTESQUE. À MON AVIS, LE FANTÔME TENTERA DE LA GÂCHER.
VIENS, FRED. JE VAIS TE MONTRER TA CHAMBRE.
GRRR!

Le lendemain matin, les amis entendent parler de l'incendie. Ils vont mener leur enquête.

LES SEULES EMPREINTES DANS LE CHAMP SONT CELLES QUE NOUS AVONS LAISSÉES.

Un chat affamé chipe la friandise de Scooby.

HÉ! AU VOLEUR!

Sammy et Scooby poursuivent le chat jusqu'au sommet du château d'eau.
RHEIN?
SAPRISTI! QUELQU'UN A TRACÉ UN VISAGE EFFRAYANT DANS LE CHAMP DE MAÏS!

Les autres montent aussi tout en haut du château d'eau pour mieux voir. Véra regarde avec ses jumelles.

JUSTE CIEL! VOUS AVEZ VU CES FORMES! CE SONT DES SYMBOLES TRADITIONNELS DE L'HALLOWEEN.

UN INDICE!
QU'EST-CE QUE CE
GANT FAIT ICI?

LAISSE TOMBER LE GANT.
COMMENT A-T-ON FAIT CES
DESSINS BIZARRES DANS
LE CHAMP?

Lorsque les amis redescendent du château d'eau,
une femme à l'allure inquiétante les attend.

C'EST LE FANTÔME
DE JOE BANNING QUI EST
DERRIÈRE TOUT ÇA.

La bande se sépare pour trouver des indices. Sammy et Scooby se dirigent vers la maison de la vieille dame.

MOI, JE DIS QUE CETTE EFFRAYANTE VIEILLE DAME EST DERRIÈRE TOUT ÇA.

VOS MÈRES NE VOUS ONT JAMAIS APPRIS À FRAPPER?

Pendant ce temps, Fred, Daphné et Véra font des recherches à la bibliothèque.

JOE BANNING A ÉTÉ MAIRE DURANT 30 ANS. PUIS, IL A PERDU LES ÉLECTIONS. IL EST MORT LE SOIR DE L'HALLOWEEN EN JURANT DE REVENIR SE VENGER.

En quittant la bibliothèque, le trio croise Marie. Elle prépare son cours de génie électrique.

OÙ ÉTAIS-TU, CE MATIN?

C'EST MON ANNIVERSAIRE AUJOURD'HUI, MAIS JE TRAVAILLAIS AU CENTRE COMMERCIAL. D'AILLEURS LA CAMÉRA M'A FILMÉE.

Fred et les filles se rendent au centre commercial. Le film indique bien que Marie travaillait.

Le soir venu, la bande explore le champ de maïs.

VOUS ÊTES PRÊTS À CHERCHER DES INDICES?

JUSTE CIEL!
REGARDEZ CET ÉPOUVANTAIL!
IL EST VIVANT!

Soudain, tous les épouvantails s'animent.

La bande se précipite vers la vieille grange, mais les portes sont verrouillées.

AïE, SAUVE QUI PEUT!

SAPRISTI!

NOUS SOMMES COINCÉS!

Quelques instants plus tard, Sammy et Scooby sont déguisés en épouvantails. Ils essaient de se mêler aux autres.

Pendant ce temps, dans la Machine à mystères,
Véra étudie de près le signal à distance.

J'AI TROUVÉ!
LE SIGNAL PROVIENT
DE L'HÔTEL DE VILLE.

À l'hôtel de ville, les célébrations du centenaire battent leur plein. Mais tout à coup… un fantôme apparaît!

JE SUIS LE FANTÔME DE JOE BANNING! PRÉPAREZ-VOUS À AFFRONTER **VOTRE DESTIN!**

Fred, Véra et Daphné bombardent le fantôme de citrouilles, mais celles-ci le traversent.

Les épouvantails robots se mettent à attaquer les invités. Sammy et Scooby tentent de les chasser en leur lançant des pommes.

JEU DES POMMES FLOTTANTES

Deux épouvantails ont cerné Sammy.

SCOOBY! OÙ ES-TU?

Scooby s'élance à la recousse de son meilleur ami.

LE FANTÔME EST UNE PROJECTION!

Fred, Véra et Daphné foncent vers la salle de projection, mais il n'y a personne.

QUI POURRAIT SE DONNER AUTANT DE MAL POUR VOLER LA VEDETTE À L'HALLOWEEN?

Véra a une idée.

VOUS VOUS RAPPELEZ LE GANT DU CHÂTEAU D'EAU? CEUX DU FILM ÉTAIENT IDENTIQUES. MARIE A APPRIS À FABRIQUER LES ÉPOUVANTAILS À SES COURS DE GÉNIE ÉLECTRIQUE. PUIS, ELLE LES A PROGRAMMÉS POUR QU'ILS BRÛLENT LES CHAMPS DE MAÏS EN TRAÇANT CES FORMES D'HALLOWEEN.

GRÂCE À VÉRA, NOUS AVONS ENCORE LE TEMPS DE PASSER L'HALLOWEEN!

Après cette soirée d'Halloween mouvementée, la bande regagne la Machine à mystères. Chemin faisant, elle croise Marie qui ramasse des ordures au bord de la route.

ELLE S'EN TIRE BIEN... JUSTE UN TRAVAIL COMMUNAUTAIRE.

Banning Junction vous dit au revoir!